1.

Sie hatte schlecht geschlafen. Nebenan in der Kneipe war die Musik bis um 1.00 Uhr in voller Lautstärke gelaufen. Danach Gegröle der Betrunkenen, die nach und nach die Spelunke verließen.

Als Stella vor einem halben Jahr eingezogen war, hatte sie es toll gefunden, mitten in Gostenhof, einem Stadtteil von Nürnberg, zu wohnen. Die türkischen Läden, griechische Lokale, eine kleine Zoohandlung und die Planungskneipe gleich um die Ecke begeisterten sie immer noch. Auch das Haus, in dem sie zur Miete wohnte, war ein Sammelsurium von interessanten jungen und alten Bewohnern, wie sie damals fand.

Mittlerweile aber, nachdem das Pärchen unter ihr, das auch Stammkunde in der Kneipe nebenan war, nicht nur lauthals stritt, sondern anscheinend nach und nach die Wohnung zerlegte, war ihre Begeisterung erheblich abgeflaut. Die alte

Frau in der Wohnung neben ihr tat ihr leid. Sie lebte von einer ganz kleinen Rente, wie sie ihr neulich erzählt hatte.

Stella öffnete die Balkontür. Sie hatte ihre Wohnung im ersten Stock und blickte auf den Garten mit Pavillon des privaten Altenheims gegenüber. Irgendwie passte es gar nicht in diese Umgebung. Die Leiterin, eine gepflegte Dame mit blonder Hochfrisur und figurbetontem Kleid, rauchte auf der Terrasse. Es war wärmer geworden. Stella überlegte, ihre zwei Korbstühle vom Dachboden zu holen. Ihr Balkon war zwar klein, aber dann könnte sie sich öfter draußen hinsetzen. Vielleicht auch einen Blumenkasten bepflanzen.

Nachdem sie gefrühstückt und sich fertig gemacht hatte, lief sie die Treppe hoch auf den Dachboden. Sie öffnete mit dem Schlüssel ihr Abteil und holte den ersten Korbstuhl. Vorsichtig trug sie ihn die Treppe hinunter und schloss die Wohnungstür auf. Sie erschrak; sie war in der falschen Wohnung. An den Wänden hingen Poster von großäugigen Mädchen, denen die Tränen aus den Augen kullerten. Auch die weißen verschnörkelten Möbel wirkten kitschig. Plötzlich stand Jürgen vor ihr, der ein Stockwerk über ihr wohnte. Erschrocken starrte er sie an.

„Ach du Schreck. Ich habe gedacht, das sei meine Wohnung. Der Schlüssel hat gepasst."
Jürgen strich sich über seine aufwändig geföhnten Haare.
„Tja, so wie es aussieht, haben wir beide den gleichen Schlüssel. Sollen wir den Vermieter benachrichtigen?"

Stella schaute sich in der Wohnung um und dachte an ihre, die auch nicht gerade mit wertvollen Möbeln ausgestattet war. Sie wusste, dass Jürgen schwul war und einen Freund hatte. Sie war ihnen schon einige Male im Treppenhaus begegnet.
„Lass mal", überlegte sie laut, „ich glaube, wir haben kein Interesse an den Sachen des Anderen und wir tun uns auch gegenseitig nichts zuleide." Sie biss sich auf die

Lippen. Wie bescheuert klang das eigentlich!

Jürgen aber nickte und bot ihr seine Hilfe beim Tragen an. Stella blickte auf seine schmächtige Figur.

„Nicht nötig, es sind nur zwei Sessel und ein kleiner Tisch."

Sie trug den Sessel ein Stockwerk nach unten und holte dann den zweiten Korbstuhl vom Dachboden.

2.

Im griechischen Laden gegenüber kaufte sie Gemüse, Obst, Likörwein und an der Kühltheke Schafskäse, Oliven und Baklava. Sie liebte das süße, klebrige Gebäck. Dann rief sie Fritzi an und lud sie für abends zum Essen ein.

Fritzi hieß eigentlich Friederike. Durch sie war sie beeinflusst worden, ihren vorherigen - eher spießigen, wie ihre Freundin meinte – Lebensstil zu ändern. Fritzi war alternativ, aß vegetarisch, meditierte und machte Gelegenheitsjobs. In ihrer Wohnung standen viele bemalte Obstkisten und Grünpflanzen. In dem Ingenieurbüro, wo Stella seit 5 Jahren arbeitete, wurde ein gepflegtes Äußeres verlangt. Ihr Chef verlangte zwar ständig Überstunden, war aber ansonsten in Ordnung und die Bezahlung passte auch. Sie hütete sich davor zu kündigen, bewunderte aber insgeheim ihre Freundin, die unbekümmert in den Tag hineinlebte.

3.

Fritzi kam pünktlich, weil sie immer hungrig war und sich aufs Essen freute. Zierlich wie sie war, versank sie fast in ihrem weiten roten Rock, der mit einer bestickten Blumenborde verziert war. Dazu trug sie eine blaue Bluse und Earthshoes. Der einzige Luxus, den sie sich gönnte. Sie kosteten ein Vermögen, waren hinten tiefer, dafür vorne sehr breit gearbeitet. Angeblich brauchte man dadurch nie einen BH zu tragen, weil sie das natürliche Gehen zurückbrachten.

Sie umarmten sich. Fritzi sog tief den Essensgeruch ein.
„Was gibt es denn?"
„Nudeln mit Tomatensoße, Schafskäse und Oliven und als Nachtisch Baklava."
„Oh, lecker!"
„Und, wir essen draußen. Voilá!"
Stolz zeigte ihr Stella den Balkon. Fritzi strich zart über die rosa Geranien und Margeriten.
„Wie gemütlich!"

Stella brachte das Essen. Für Fritzi war der kleine Tisch in Ordnung, aber für sie mit ihren 1,79 m viel zu niedrig.
„Deine Haare sind schön gewachsen", lobte ihre Freundin.

Stella griff nach ihren schulterlangen Haaren.
„Ja, bald sind sie so lang wie deine."

„Jetzt musst du sie nur noch mit Henna färben."

„Die roten stehen dir viel besser, Fritzi! Ich bin eben ne Brünette."

„Ne nette Brünette", schäkerte Fritzi.

Nach dem Essen holte sie den Wein.
„Maphrodaphne, ich liebe ihn!"
Sie stießen mit dem Rotwein an.

Fritzi setzte das Glas ab und und verschränkte die Arme hinter dem Kopf.
„Ich habe jemanden kennengelernt."
„Nicht dein Ernst."
„Er wohnt derzeit in der WG, wo auch Stubs wohnt."

Stubs hieß mit Familienname Stuber und war Fritzis Schwarm. Er sah mit seinen langen dunklen Haaren und dem Engelsgesicht aus wie Jesus.

„Was ist mit Stubs?"
„Der hat jetzt ne feste Freundin."
„Und der andere, wie ist er?"
„Er heißt Stefan und hat mich den ganzen

Abend über mit seiner Lebensphilosophie unterhalten."

„Klingt ja unheimlich spannend", feixte Stella.

„Nein, was er erzählte, war unglaublich. Er ist spirituell sehr weit."

„Was du nicht sagst!"

Nach dem zweiten Glas Wein alberten sie nur noch herum.

Stella hasste es, über Männer zu reden nach der Trennung von ihrem Freund vor einem halben Jahr.

4.

Am Montag war Arbeiten angesagt. Stella konnte zu ihrer Arbeitsstelle in der Fürther Straße laufen. Auch ein Grund, warum sie die Wohnung angemietet hatte. Ihr Weg führte erst an der Kneipe nebenan vorbei, dann warf sie oft einen Blick in die kleine Zoohandlung und schaute kurz den Wellensittichen und ihrem aufgeregten Geflatter zu. Viele Häuser waren abgeranzt und renovierungsbedürftig. Aus den Kellerschächten roch man, dass noch viel mit Kohle geheizt wurde. Die Dreieinigkeitskirche fand sie von außen sehr schön, nur innen eher nüchtern eingerichtet. Hier lief sie durch die kleine Grünanlage und war dann schon an der Fürther Straße vor dem Bürogebäude ihrer Firma.

Ihr Chef nickte nur kurz und drückte ihr einen Stapel Aufträge in die Hand.
„Die müssen bestätigt und an unsere Zweigstellen weitergeleitet werden. Heute noch."

Sie setzte sich an ihren Schreibtisch und begann mit der Arbeit. Sie teilte sich das Büro mit der Exfrau des Chefs, die aber nicht täglich herkam. Wie der Chef und seine ehemalige Frau es schafften rein geschäftlich miteinander zu reden, obwohl sie kein persönliches Wort wechselten, war Stella ein Rätsel.

Herr Anschütz war viel unterwegs und

brachte auch Kunden mit hierher. Dann blieb sie oft bis spät abends. So auch an diesem Abend. Um 19.00 Uhr verließ sie das Büro. Sie ging unmittelbar in die Planungskneipe, wo ihr erstmal dicker Rauch entgegen schlug. Sie setzte sich an einen der langen braunen Holztische. Hier konnten Anwohner auch mitplanen, wie sie sich die dringend notwendigen Restaurierungsarbeiten und Verkehrsberuhigung in Gostenhof vorstellten. Daher der Name der Kneipe. Stella war an diesen festen Terminen bisher noch nicht dabei gewesen. Sie bestellte eine Spinatlasagne und trank danach eine Apfelschorle.

Anfangs kam sie sich komisch vor, allein an einem Tisch zu sitzen. Vor allem, weil sie nicht rauchte. Wohin mit den Händen, wenn du nur vor einem Glas sitzt? Schon in der Berufsschule war sie die einzige gewesen, die nicht geraucht hatte. Natürlich hatte sie es ausprobiert. Aber dann kamen Bemerkungen wie *du hältst die Zigarette so komisch* oder *bei dir wirkt es affektiert*. Sie hatte es dann sein lassen.

Geschmeckt hatte es ihr sowieso nicht.

5.

Einmal war sie mit Fritzi in dem alten Fabrikgebäude gewesen, wo Stubs früher gewohnt hatte. Es war so eine Art Hausmeisterwohnung. Er musste keine Miete zahlen, hatte aber immer furchtbar gefroren. Im Raum nebenan hatte ein Mädchen einen Raum, das Kunst studierte. Stubs zeigte ihnen mal ihr Zimmer, als sie nicht da war. Eine riesige Wand war bemalt mit Gesichtern, Tierköpfen und abstrakten Ornamenten. Es war phantastisch.

„Sie war high, als sie das gemalt hat", meinte er und Fritzi sofort:
„Ach, Stubs, hast du was da?"
„Hmm, nicht viel."

Er holte aus einer Teebüchse so eine Art grünen Knetgummi. Dann zerkrümelte er es und drehte drei Zigaretten. Sie rauchten still vor sich hin und keiner der beiden

11

beobachtete Stella, worüber sie froh war.

Mit einmal fing Fritzi an zu kichern und tanzte entrückt.
„Das macht sie nur, um ihm zu gefallen", dachte Stella.

Stubs aber stand auf, sprang aufs Sofa und breitete die Arme aus. Dann schrie er laut:
„Kreuziget mich! Ich vergebe euch euere Sünden!"

Sie selbst war stocknüchtern und wartete, dass sich irgendetwas bei ihr rührte. Aber nichts geschah. Sie nahm den beiden ihre Show nicht ganz ab. Stubs nutzte natürlich sein Jesusgesicht für den Auftritt.

6.

Nachts wachte sie auf und grübelte. Sie hasste das, konnte aber nichts dagegen tun.
Wieder stand ihr Exfreund vor ihr und sagte:
„Du weißt ja, dass die Firma, in der ich

arbeite, ihren Stammsitz in Vancouver hat. Sie haben mir dort eine neue Stelle angeboten. Vancouver soll total schön sein. Nächsten Monat fliege ich dorthin."

Das war alles. Kein *es tut mir leid, dass wir uns trennen müssen* oder besser noch *willst du mitkommen, du findest dort bestimmt einen neuen Job.*

Stella war wie erstarrt dagestanden. Ihr Herz stolperte und ihr war eiskalt.
„Für wie lange ist das denn?"

„Das ist noch nicht klar. Die Bedingung war, gleich anzufangen. Es tut mir leid."
Er tätschelte ihre Wange.
„Das ist eine einmalige Chance für mich. Du, ich habe jetzt keine Zeit. Ich habe noch viel zu erledigen. Wir machen aber ein feudales Abschiedsessen, versprochen!" Er küsste sie unbeholfen.
Stella nickte nur und weg war er.

Hinterher stand sie im Badezimmer vorm Spiegel und sah ihr fremdes Gesicht mit den riesigen dunklen Augen an. Ganz lange.

„Mehr war ich nicht für ihn? 3 Jahre wirft er einfach weg? So ein Arsch!"

Das feudale Essen hatte Stella dann telefonisch abgesagt mit den gleichen Worten.
„Du bist ein Arsch! Brauchst dich nicht mehr zu melden!"

7.

Am nächsten Morgen auf dem Weg zur Arbeit sah sie ihre alte Nachbarin mit Nachthemd und Hausschuhen ziellos auf dem Gehsteig trippeln. Stella hakte sich bei ihr unter.

„Was ist los, Frau Weber? Sie müssen doch frieren!"
„Ich muss etwas erledigen."
„Was müssen Sie denn erledigen?"
Sie schüttelte den Kopf und fing an zu

weinen.

„Ich bring sie erstmal nach Hause. Sie sind eiskalt."

„Nein, nein, ich muss es tun."

Stella redete beruhigend auf sie ein und brachte sie zurück zu ihrer Wohnung. Zum Glück hatte sie den Schlüssel um den Hals hängen.

„Ich schaue heute Abend bei Ihnen vorbei."

Mist, jetzt kam sie zu spät.

Sie fing an zu rennen und erschrak, weil die Straßenbahn klingelte, um sie nicht zu überfahren. Sie hatte sie gar nicht kommen sehen. Abgehetzt kam sie im Büro an. Herr Anschütz begrüßte sie ärgerlich.

Stella erklärte ihm den Grund und er entschuldigte sich.

„Das ist ja rührend, wie sie sich um die demente Frau kümmern."

Auf die Idee, dass Frau Weber dement sein könnte, war sie nicht gekommen. Bisher hatten sie immer nur einige Worte gewechselt und ihr war nie etwas aufgefallen. Sie grübelte die ganze Zeit, hauptsächlich auch wegen dem Ende ihrer Beziehung zu Jochen. So konnte sie sich kaum auf die Arbeit konzentrieren und erledigte deswegen hauptsächlich Telefonate.

Frau Anschütz kam nachmittags und sie unterhielten sich über ihre Nachbarin.
„Sie muss in eine beschützende Einrichtung", sagte diese.
„Hat sie denn Angehörige?"
Stella schüttelte den Kopf.
„Sie hat nie jemanden erwähnt. Und Besuch hab ich auch nie bei ihr gesehen."

Abends klingelte sie und Frau Weber öffnete. Sie war angezogen und wirkte so wie immer.
„Geht's Ihnen gut, Frau Weber?"
„Ja, ja, alles gut."
Sie schob sie fast nach draußen.
Stella konnte noch einen Blick in die Wohnung erhaschen und sah Stapel von benutztem Geschirr am Tisch.

„Soll ich Ihnen beim Abspülen helfen?"
„Nein, nein, soweit kommt's noch. Ich mach das alleine."

Stella zögerte, konnte aber gegen ihren Willen nichts tun.
„Ja, dann gute Nacht, Frau Weber."
„Danke, Ihnen auch."

8.

Fritzi rief an und erzählte aufgeregt:
„Stefan ist bei mir eingezogen."
„Oh nein, Fritzi, du kennst ihn doch gar nicht!"
„Er musste aus der WG raus, weil er bei Stubs im Zimmer war. Die Anderen hatten die Nase voll, ihn mit durchzufüttern."
„Weshalb hat er keine Kohle, arbeitet er wohl nicht? Du hast doch selbst keinen Job! Wie soll das denn gehen?"
„Zur Zeit arbeitet er nicht, dafür habe ich etwas in Aussicht."
„Und das wäre?"

„Beim kleinen Tante-Emma-Laden bei mir um die Ecke kann ich aushelfen."

„Du meinst abends die Gemüsekisten in den Keller räumen?"

Ihre Freundin antwortete nicht. Stella hatte also den Nagel auf den Kopf getroffen.

„Alle möglichen Arbeiten, die die Inhaberin nicht mehr schafft. Sie ist schon ziemlich alt."

Stella seufzte.

„Bei mir gibt es auch Neuigkeiten. Mit Jochen ist Schluss. Er zieht nach Vancouver, berufsbedingt."

„Dein Wochenendlover? Sei froh, dass du den los bist. Komm am Samstag zu mir, dann können wir über alles reden, ja?"

Fritzi legte auf.

9.

Sie besuchte die beiden am Samstag. Stefan öffnete die Tür und sah Stella bedeutungsvoll mit blauen, irgendwie stechenden, Augen an. „Will er mir zeigen, dass er etwas Besonderes ist?", dachte Stella. Sie gab ihm burschikos die Hand. Sein Händedruck war lasch.

Stefan hatte vegetarisch gekocht.
Fritzi sagte: „Er kann das sehr gut."

Sie setzten sich und aßen den Reis mit Karotten- und Lauchgemüse. Stella lobte das Essen. Hinterher tranken sie Chai, den Gewürztee, den er extra lange hatte ziehen lassen und mit Milch servierte.

„Was macht dein Job?"
Fritzi versicherte, dass alles gut lief und sie im Verkauf aushalf, wenn die Inhaberin - sie nannte sie tatsächlich Tante Emma – Großeinkäufe erledigte. Natürlich müsse sie auch Kisten schleppen.

„Das wäre ja dann wohl eher eine Arbeit für Stefan."
„Die Bezahlung ist nicht gut", sagte dieser und Stella hielt sich mit weiteren Spitzfindigkeiten zurück.

Er erzählte dann von sich:

„Ich komme ursprünglich aus Erlangen und war zuletzt in Berlin gemeldet, weil ich nicht zum Bund wollte."

„Und was ist mit Zivildienst?", dachte Stella, verkniff sich aber eine Bemerkung.

Sie fand, dass die beiden nicht wie ein Liebespaar wirkten, was sie beruhigte. Irgendwann später bestätigte sich ihre Vermutung.

„Wir sind noch nicht zusammen", flüsterte Fritzi beim Abschied, „wir wollen's langsam angehen lassen."

10.

Stella hatte Frau Weber noch einige Male gefragt, ob sie ihr behilflich sein und vielleicht auch Einkäufe für sie erledigen könne. Sie hatte immer abgewehrt.

Aber dann sah sie sie auf dem Nachhauseweg wieder weiter weg von der

Wohnung und wieder im Nachthemd. Sie lief sofort zu ihr.

„Was ist los, Frau Weber?"
„Ich muss dorthin."
„Wohin müssen Sie denn?"
„Ja, ja, dahin muss ich."

Sie war total desorientiert, soviel war sicher. Stella überredete sie, sich nach Hause bringen zu lassen. In ihrer Wohnung rief sie die Polizei an.
„Wir schicken eine Streife vorbei."
„Aber nicht bei ihr klingeln, die erschrickt sich zu Tode!"

Es kamen zwei Polizisten. Einer befragte sie und der andere machte Notizen.

„Tja", meinte der große Dunkelhaarige, „So wie's aussieht, muss sie in ein Heim. Sie gefährdet sich im Straßenverkehr. Könnte auch Schlimmeres anstellen, wie den Gasherd anlassen oder ähnliches."
Er sah besorgt aus.
„Und Sie kennen keine Angehörigen?"

„Nein, ich hab noch nie jemanden bei ihr gesehen und erwähnt hat sie auch niemanden."

„Danke, es war gut, dass Sie es uns gemeldet haben. Wir kümmern uns darum."

Er tippte an seine Mütze und sah sie lange freundlich an.

„Das ist ja ein ganz Netter!", dachte sie und verabschiedete sie.

Der Abend war mild und sie setzte sich auf den Balkon. Im Garten gegenüber saßen die alten Damen im Pavillon und unterhielten sich. Das wäre das ideale Heim für ihre Nachbarin, aber nichts für ihren Geldbeutel. Sie sahen alle sehr gepflegt aus, was man sowohl an der teuren Kleidung als auch an den Frisuren erkennen konnte.

11.

Im Traum sah sie ihre Nachbarin vor sich herlaufen und wollte sie einholen. Es gelang ihr nicht. Immer, wenn sie sie greifen wollte, war sie wieder ein Stück vor ihr.

Stella wachte mit Herzklopfen auf. Es war 2 Uhr und sie konnte nicht mehr einschlafen. Unweigerlich, wie immer um diese Zeit, kam sie ins Grübeln.
Zuerst über ihren Exfreund. Jochen hatte - bevor er nach Vancouver geflogen war – noch einmal bei ihr angerufen und sich entschuldigt. Er hätte ein schlechtes Gewissen gehabt und sie deswegen vor vollendete Tatsachen gestellt. Sie wollte aber nichts hören. Zu sehr hatte er sie verletzt. Sie bat ihn, nicht mehr anzurufen.

Kennengelernt hatten sie sich im Urlaub. Tatsächlich gab es den Urlaubs-Jochen und den Alltags-Jochen. Im Urlaub war er immer gut gelaunt, humorvoll und aufmerksam gewesen. Während er arbeitete - er war Unternehmungsberater – gab es nichts anderes für ihn. Sie sahen sich also nur am Wochenende und das auch oft nur samstags. Der einzige Tag, den er sich für Entspannung auserkoren hatte.

Mittlerweile hatte sie die Trennung ganz gut überwunden. Über Fritzi machte sie sich Sorgen. Stefan tat ihr nicht gut.

12.

Als sie sich verabredeten, tat Fritzi sehr geheimnisvoll. Treffpunkt war die Lorenzkirche. Es war immer noch warm und in der Stadt liefen viele nur kurzärmlig herum. Für Stella war es nicht weit. Ihr Weg führte über den Plärrer mit den vielen Schienen und Straßenbahnen durch die Innenstadt am Weißen Turm vorbei bis zur Kirche. Sie liebte es, sich mit dem Rücken an die Wand zu stellen und in die Höhe zu schauen. Die Türme des gotischen Gebäudes wirkten dann noch imposanter und drohten herunterzustürzen.

Fritzi war mit einmal neben ihr und tat es ihr gleich.
„Wohin gehen wir?“

„Ins Komm, genauer gesagt in die Teestube.

Das alte Sandsteingebäude des Jugend- und Kulturzentrums lag schräg gegenüber vom Bahnhof. Zuerst zeigte ihr Fritzi das Erdgeschoss mit Café, Kino, Bibliothek, Keramik-, Fahrrad- und Photowerkstätten. Dann gingen sie wieder nach draußen, um den Seiteneingang zu nehmen. Sie stiegen die Treppe hoch in den ersten Stock. Links war eine Gastwirtschaft und rechts die Teestube. Es roch nach Räucherstäbchen. Vorne waren alte Holztische mit Bänken und Stühlen. Am Fenster Sofas wie bei Oma und Matratzen. Ein schwarzes Klavier stand auch noch da. Stella gefiel es hier.
An der Theke bestellten sie Kräutertee und Gewürzkuchen.

Fritzi setzte sich an einen langen Holztisch und begrüßte einige Gäste.
„Das hier ist Ralph."
Ihre Freundin nannte ihr noch einige Namen, die Stella aber gleich wieder

vergaß. Ralph sah aus wie ein indischer Meister oder Guru. Er trug weiße Leinenklamotten, hatte längere graue Haare und stach heraus, obwohl die meisten hier alternativ gekleidet waren.

Ralph sah sie aufmerksam an und sprach über vegetarische Ernährung. Stella fand es interessant, obwohl sie selbst hin und wieder auch Fleisch aß. Nur, als er zum Schluss sagte *meine Exkremente kann ich auf dem Silbertablett servieren,* musste sie sich zusammenreißen, um nicht laut loszuprusten.

Fritzi flüsterte ihr zu: „Ralph macht auch Dianetik."
„Was ist das denn?"
„Erzähl ich dir noch."

Später fing sie von Stefan an, der Stammgast in der Teestube war und, dass sie durch ihn in die Teestube gekommen war.

Auf die Frage, ob er mittlerweile arbeitete,

wich sie aus.

„Noch nicht, aber es reicht, weil meine Miete ja nicht hoch ist."

Sie redete fast ausschließlich über ihn; Stella unterbrach sie schließlich:

„Hallo Fritzi, du bist mir wichtig, nicht dein Untermieter!"

Irgendwann kam Stubs dazu und sie unterhielten sich zu dritt. Eine Freundin hatte er anscheinend nicht mehr. Er plante einen Teeladen aufzumachen und erzählte begeistert davon.

„Das passt zu dir", lachte Stella.

„Wenn du Chai verkaufst, bin ich einer deiner ersten Kundinnen."

13.

Am nächsten Tag in der Arbeit sah Frau Anschütz sie merkwürdig an.

„Was ist los?"

„Ach nichts, es ist nur Ihr Parfum. Es ist

etwas..... ungewöhnlich."

Stella fand ihre Bemerkung mehr als unpassend.
Eigentlich ging es niemanden etwas an, wie sie roch.
Sie nahm sich aber vor, das nächste Mal nach der Teestube die Haare zu waschen. Denn sie rochen eindeutig nach Räucherstäbchen.

Abends stand die Wohnungstür ihrer Nachbarin offen. Zwei Männer werkelten in der Wohnung.
„Wissen Sie, wo Frau Weber ist?"
„Keine Ahnung! Wir räumen nur die Bude aus."
Sie waren eben dabei, die Möbel zu zerkleinern.

Am späten Abend stritt das Paar unter ihr wieder. Sie hörte nur die Frau schreien. Polternd und klirrend ging Geschirr zu Bruch. Stella nahm den Besenstiel und klopfte damit auf den Boden. Keine Reaktion. Der Lärm ging weiter.

Wutentbrannt rannte sie ins Erdgeschoss.

Die Tür hatte keinen Griff, den hatten sie auch schon weggerissen. Sie schlug mit der Faust dagegen. Die Frau, die mindestens 100 kg wog, riss die Tür auf.

„Sie machen hier einen Höllenlärm, das ist nicht zum Aushalten!", schimpfte Stella.

„Halt's Maul und kümmere dich um deinen Kram", schrie die Matrone. Dabei wehte Stella eine Alkoholfahne und Spucke ins Gesicht. Das Männchen hinter ihr duckte sich ängstlich weg. Dann schlug sie die Tür zu.

Zurück in ihrer Wohnung, wusch sie sich voller Ekel das Gesicht und versuchte, ihre Wut zu bändigen.

In diesem Irrenhaus wollte sie nicht bleiben. Es war Zeit, sich eine neue Bleibe zu suchen. Schließlich konnte sie auch wieder mit der Straßenbahn zur Arbeit fahren.

14.

Schon öfter war sie an einem Antiquitätengeschäft vorbeigelaufen. An einem Samstag betrat sie den Laden. Der Besitzer warf einen kurzen Blick auf sie.
„Suchen Sie was Bestimmtes?"
„Ich schau mich nur mal um."

Sie blickte nach oben. Über ihr hingen verschiedene Lampen.
Sofort erklärte er:
„Das mit den Geweihen sind Lüsterweibchen und auf dem Tisch stehen Tiffanylampen aus der Jugendstilzeit."
Stella fand die Lüsterweibchen etwas seltsam. Ein Frauenkopf mit nacktem oder bekleidetem Oberkörper endete in einem Hirschgeweih. Die bunten Tiffanylampen aber gefielen ihr.
„Ich hab da was ganz Besonderes. Eine antike Lampe aus einer spanischen Kapelle."
Er holte sie herunter und zeigte sie ihr. Stella war sofort begeistert. Dunkelgrüne Glasscheiben waren in einem verzierten

Metallgestell eingefasst. Die würde wunderbar in ihren Flur passen.

Es klingelte und ein Kunde kam herein.

„Hinten ist noch ein Antiquariat. Schauen Sie sich alles in Ruhe an. Ich habe in den Vitrinen auch noch Schmuck und Uhren."

Die Colliers und Ringe waren ihr zu teuer. Aber eine Taschenuhr gefiel ihr und sie überlegte sie zu kaufen.

Dann nahm sie Bücher heraus, die fast alle gebunden und mit Goldschnitt versehen waren. Ein schmaler Band fiel ihr ins Auge. *Griechische Göttersagen.* Sie dachte daran, wie ihr die im Geschichtsunterricht gefallen hatten. Sie nahm ihn mit nach vorne.
Als sie zum Verkaufstresen kam, flüsterte der Verkäufer mit dem anderen Kunden. Sie konnte nur irgendetwas vom *Dritten Reich* verstehen. Sofort beendeten die beiden das Gespräch. Sie kaufte das Buch.

„Können Sie mir die grüne Hängelampe zurücklegen?"

„Nein, so was geht bei mir nicht, vor allem nicht bei so einem raren Stück." Er nannte ihr den Preis.

„Gut, dann muss ich erst zur Bank, um Geld abzuheben."

Der andere Kunde raunte ihr zu:

„Du musst handeln, Mädel! Die ist viel zu teuer."

„Ich nehme sie für 120 Mark."
Der Besitzer schnitt eine Grimasse und wandte sich schimpfend an den Mann: Konntest deinen Mund nicht halten!"

Stella hob am Automaten Geld ab und kaufte die Lampe. Glücklich über ihre Käufe brachte sie Lampe und Buch nach Hause.

15.

Eines Abends rief Elke an, ihre andere

Freundin. Sie hatten sich als Jugendliche auf einer Freizeit in Schweden kennengelernt und sich hin und wieder gegenseitig besucht. Elke wollte, dass Stella mal wieder zu ihr nach Berlin kam. Sie habe dort neue Freunde gefunden. Elke gab ihr die Adresse und räusperte sich kurz.

„Ähm, zur Zeit wohne ich in einem alten wunderschönen Haus, das abgerissen werden soll."
„Du gehörst also zur Hausbesetzerszene!"
„Nicht aktiv. Ich bleibe hier nur, bis sie uns rausschmeißen."
Stella überlegte: „Und, wenn es Ärger gibt?"
„Du bleibst doch nicht lange. Momentan ist es ruhig."

Die Aussicht, einige Tage dem Haus zu entfliehen, gefiel ihr und so sagte sie zu.

In der Arbeit beantragte sie Urlaub. In einem indischen Laden in der Stadt kaufte sie sich ein blaues weites Kleid und eine bunte Strickjacke dazu. Für Elke Räucherstäbchen und eine kleine Katzenfigur aus Speckstein.

Am Bahnhof besorgte sie sich eine Fahrkarte und verabschiedete sich am Telefon von Fritzi, die am liebsten mitgekommen wäre.

16.

Elke holte sie vom Bahnhof ab. Erstaunt sah sie auf Stellas Klamotten.
„Vom Popper zum Müsli. Du schaust ganz anders aus."
„In der Arbeit darf ich so nicht rumlaufen, sonst schmeißen sie mich raus", lachte Stella.

Sie machten sich auf denWeg zu einem nahe gelegenen Park. Elke stellte sie Peter - einem Freund von ihr – vor, der im Rollstuhl saß. Viele junge Leute saßen einfach auf dem Gras oder auf mitgebrachten Decken. Es wurde ein kleines Improtheater aufgeführt, manche jonglierten mit Bällen, andere balancierten auf zwischen den Bäumen gespannten Seilen. Irgendjemand spielte Gitarre.

Danach gingen sie zu Peters Wohnung, die in einem ehemaligen Laden mit Schaufenster war. So hatte er keine Treppen zu überwinden. Er kochte Tee für sie und sie unterhielten sich über Berlin und natürlich die Mauer, die diese Stadt gebrandmarkt hatte und so beklemmend war.

Später fuhren sie beide mit der U-Bahn zu Elke nach Kreuzberg. Über dem Haus, wohin sie gingen, hing ein aufgespanntes Bettlaken mit der Aufschrift: „Dieses Haus wird besetzt." Im Haupthaus waren teilweise Fensterscheiben zerbrochen und am Bauschutt im Treppenhaus sah man, dass hier schon mit Abrissarbeiten begonnen wurde. Durch einen kleinen Hof führte Elke sie ins Hinterhaus, wo noch alles unbeschädigt war.
„Und hier mein kleines Paradies!"

„Oh, ist das toll", begeisterte sich Stella.

In der Küche waren noch die Originalmöbel. Der Fußboden war schwarz-weiß gefliest, ein alter Herd stand da, ein weißer Holztisch mit gedrechselten Beinen und zwei Holzbänken.

Abends erzählten sie einander, was in ihrem Leben die letzten Monate passiert war. Elke war Sozialpädagogin und arbeitete in einer Wohngemeinschaft mit psychisch kranken Jugendlichen. Ihr gefiel der Job.
„Er füllt mich aus."
Stella entgegnete: „Das kann ich von meiner Arbeit nicht behaupten, aber sie ist in Ordnung."

Dann sprach sie über Fritzi und natürlich die Teestube. Dabei kam das Gespräch auf den Freund von Fritzi.
„Selten war mir ein Mensch von Anfang an so unsympathisch. Für mich ist Stefan ein Schmarotzer, der auf Kosten anderer lebt

und sich selbst für etwas Besonderes hält. Dabei ist das einzige, was er wirklich kann, gut reden. Aber auch das ist auf die Dauer übelst anstrengend."

„Du wirst morgen noch seltsamere Leute kennenlernen."

„Ja, erzähl doch mal."

„Lass dich überraschen."

17.

Elkes Freunde waren tatsächlich etwas speziell, wie Stella fand. In der WG, wohin sie gingen, öffnete ihnen ein Mann mit strubbeligen Haaren. Er führte sie in ein kleines Zimmer mit einem Hochbett.

„Das hat Gerhard selbst gezimmert."

„Es ist nicht mein erstes und wird auch nicht das letzte sein."

Er erzählte, dass er Schreiner von Beruf war und derzeit arbeitslos. Also wanderte er von WG zu WG. Er bot dort an, ein Hochbett zu bauen. Und, wenn er nach Monaten immer noch keine Miete gezahlt hatte und die anderen Bewohner ihn rausschmeißen wollten, drohte er, das Ganze wieder abzubauen.

„Bisher hat noch keiner Miete verlangt. Aber gehen muss ich natürlich schon irgendwann."

Das Bett war aus Kiefernholz und sehr hoch. Unten war eine Sitzecke mit kleinem Tisch und Matratzen. Eine Leiter führte nach oben, wo das Bett mit eingebauten Bücherregal und Nachttischchen war.
„Würde mir auch gefallen."
Stella fragte dann nach der Toilette.
„Wundere dich nicht", warnte sie Elke.

Es war unglaublich. Der Raum war komplett in orange, sowohl die Wände, als auch Waschbecken und Klobrille.
An der Tür hing ein Poster von einem grinsenden alten Mann mit grauen Haaren, einem indischen Guru wahrscheinlich. Als Stella aus der Toilette kam, stand sie einer blonden Frau gegenüber, die auch orange gekleidet war und eine lange braune Kette um den Hals trug.

„Hallo, ich bin Ma Parinita. Bist du eine Freundin von Gerhard?"
„Nein, ich bin mit Elke hier", stotterte Stella, die mit allem etwas überfordert war.

Elke lachte, als sie ihr Gesicht sah.
"Parinita ist Sannyasin, eine Jüngerin von Bhagwan. Gibt's die in Nürnberg nicht?"
„Jedenfalls bin ich noch keiner begegnet."
„Parinita arbeitet in einem Café. Wir können heute Abend hingehen."

Später kauften sie in einem Naturkostladen fürs Abendessen ein. Elke holte im Hof aus dem Bauschutt einige zerbrochene Holzlatten, die sie im Herd zusammen mit Zeitungspapier anzündete.

Danach besuchten sie das Café. Die meisten dort waren rot oder orange, manche auch rosa angezogen. Elke erklärte ihr, dass die Frauen Ma und die Männer Swami hießen und ein indischer Name drangehängt wurde.

„Wieso das denn?"

„Weil alle Frauen Mütter und die Männer Lehrer oder Meister sind, sagt Bhagwan."

„Hmm, überzeugt mich nicht. Einen Stefan als Meister fände ich schrecklich."

Stella verdrehte die Augen.

„Und die Holzkette um den Hals?"

„Das ist die Mala, eine Gebetskette mit einem Bild vom Guru."

„Wir können im Nebenraum auch meditieren, wenn du willst. Es gibt heute eine Tanzmeditation."

Aber Stella lehnte ab: „Ich glaube, mir reicht's für heute."

Jeden Morgen schliefen sie lange, frühstückten ausgiebig und tranken viel Tee. Mal aromatisierten schwarzen Tee mit Walnüssen oder Wildkirschen, mal grünen Sencha oder Jasmintee. Mittlerweile war Stella von der Kaffeesüchtigen zur Teeliebhaberin geworden. Die Tage vergingen viel zu schnell und sie wäre am liebsten hiergeblieben. Auch die Gespräche würde sie vermissen.

„Das nächste Mal kommst du zu mir, versprochen?" sagte sie am Bahnhof.

Sie umarmten sich lange und Elke gab ihr ein Buch mit mit dem Titel *Ich hab dir nie einen Rosengarten versprochen*.

„Damit du einen Einblick bekommst, was für Jugendliche ich betreue."

Auf der Heimfahrt las sie es in einem Zug durch. Es handelte von einem schizophrenen Mädchen, das durch ihre Therapeutin in der Klinik geheilt wurde.

18.

Daheim war neben ihr ein neuer Mieter eingezogen, wie sie am Klingelschild sehen konnte. Sie öffnete gleich die Balkontür und goss ihre Blumen, die durch die Hitze fast vertrocknet waren. Die alten Damen im Pavillon schienen irgendwie zu streiten. Die Leiterin kam heraus und klatschte laut in die Hände:

„Jetzt ist aber Schluss, sonst gehen alle in ihre Zimmer."

Anscheinend doch nicht so die heile Welt.

Es klingelte und sie öffnete die Tür. Ein älterer Herr mit weißen Haaren stellte sich als ihr neuer Nachbar vor.

„Könnten Sie mir bitte im Keller mein Abteil zeigen? Auf dem Dachboden habe ich es schon gesehen."

Sie stimmte zu und lief mit ihm in den Keller.

„Hier, direkt neben meinem. Sie brauchen noch ein Vorhängeschloss oder ähnliches."

Plötzlich ging das Licht aus. Natürlich, der Bewegungsmelder!

Trotzdem stockte ihr der Atem und dann sagte der Alte noch:

„Wer hat Angst vorm schwarzen Mann?"

Stellas Herz raste und ihr war eiskalt. Sie machte einige Schritte und das Licht ging wieder an.

In ihrer Wohnung beruhigte sie sich wieder. Ihr Nachbar war uralt und hatte schwarzen Humor, das war alles.

Einige Tage später zog Jürgen über ihr aus. Sie fragte ihn nach dem Grund:

„Ich zieh mit jemanden zusammen."
„Warum sagt er nicht *mit meinem Freund?",* dachte Stella.

Sie rief den Vermieter an. Es war jetzt an der Zeit, die Schlüsselgleichheit zu beanstanden. Sie konnte niemanden erreichen und versuchte es noch mehrmals, auch an den nächsten Tagen. Ohne Erfolg.

„Wer weiß, welcher Chaot als nächstes über mir Krawall macht", dachte sie genervt.

19.

Sie war dran, Fritzi mit Stefan einzuladen, schließlich war sie bei ihnen neulich auch.

Natürlich hatte sie ihr neues Kleid an, was Fritzi sofort bemerkte:
„So ein tolles Outfit, Stella! Und erst die

Lampe. Wo hast du denn die geklaut?"

„In einer spanischen Kapelle!"

Als sie den verwunderten Blick der beiden sah, lachte sie und erzählte vom Antiquariat.

Stella hatte Gemüse vom türkischen Laden gekauft und vegetarisch gekocht.

„Ist das Bio?", fragte Stefan zu Beginn.

„Nein, aber der Türke hat immer frisches Gemüse."

Stella versuchte sich zurückzuhalten wegen Fritzi, fand aber die Frage unverschämt.

Nach dem Essen setzten sie sich auf den Balkon. Stefan begann von seiner Zeit in Berlin zu erzählen. Als Stella von ihrer Reise dorthin und der Freundin von Elke sprach, war er sehr interessiert.

„Ich verfolge schon länger die Geschichte des indischen Meisters. Am liebsten würde ich ihn mal kennenlernen. Er ist als Sexguru verschrieen. Sagt aber nur, man solle seine Bedürfnisse nicht unterdrücken sondern erst mal ausleben, um auf eine andere Ebene zu kommen. Also vom

Sakralchakra hin zum Herzchakra oder höherem. Er ist der erste Meister, der dem Westen gegenüber aufgeschlossen ist. Dann hielt er einen Vortrag über die sieben Chakren, die Energiequellen des Körpers.

Irgendwann unterbrach ihn Stella und fragte Fritzi nach Tante Emmas Laden.

„Leider läuft's nicht so gut mit dem Geschäft, seit der Supermarkt in der Nähe aufgemacht hat. Mit den Preisen ist nicht mitzuhalten.
„Stefan, hast du denn mittlerweile eine Arbeitsstelle gefunden?", konnte sich Stella nicht verkneifen.
„Ja, ich versuche Kunden anzuwerben für eine Versicherung, die Reisende bei Krankheit aus dem Ausland zurückfliegt. Montag fange ich an. Wahrscheinlich in der Fußgängerzone. Ich bekomme für jeden Kunden eine gute Provision."
„Na, dann viel Erfolg!"
Stella zweifelte daran, aber immerhin konnte er gut reden.

Fritzi schlug ihr einen Kinobesuch in der Meisengeige vor: „Nur wir beide."
„Unser Kennenlernort!", freute sich Stella.

20.

Sie sahen sich die Verfilmung von Franz Kafkas „Das Schloss" an. Der Film lief in schwarz-weiß und war genauso düster wie das Buch. Dies trug nicht unbedingt zur Stimmungsaufhellung bei.

Als sie hinterher unten in der Kneipe saßen, war Fritzi ziemlich angespannt.

„Seid ihr jetzt eigentlich zusammen, so als Liebespaar?" platzte Stella gleich heraus.
„Ja, sind wir." Ihre Freundin knallte ihr Glas auf den Tisch.
„Ich weiß, dass du ihn nicht ab kannst."
„Du wirkst nicht gerade frisch verliebt."
„Vielleicht geht es darum gar nicht."

„Um was denn sonst?"
„Stefan ist spirituell gesehen schon viel

weiter als ich.“

„Und dann erkundigt er sich nach dem Sexguru?“

„Nein. Er ist an Sex überhaupt nicht interessiert.“

„Ich dachte, ihr schlaft miteinander.“

„Ja, manchmal schon.“

„Ach Fritzi, du bist 22 und hattest noch kein großartiges Liebesleben bisher. Wieso sollst du jetzt schon darauf verzichten?“

„Du bist nicht meine Mutter, Stella, verdammt noch mal! Was war denn mit deinem Jochen und seinen Samstagen, waren die vielleicht besser?“

Fritzi stand abrupt auf. Der Stuhl kippte nach hinten. Sie stellte ihn wieder hin und sagte kurz:

„Du bist eingeladen.“

Dann ging sie an die Theke um zu bezahlen und verließ die Kneipe.

Wie betäubt blieb Stella sitzen und dachte daran, wie sie sich hier kennengelernt hatten. Sie waren nebeneinander in einem der kleinen Kinos gesessen. Hinterher unten in der Kneipe fragte Fritzi sie nach einer Zigarette.

„Ich rauche nicht", hatte Stella geantwortet.

„Ich eigentlich auch nicht, komm mir aber immer so komisch vor, nichts zwischen den Fingern zu haben."

„Geht mir genauso", hatte Stella zugestimmt.

Sie hatten beide gelacht.

Stella hatte zugegeben:

„Ich komm mir hier zwischen den Alternativen auch deplatziert vor mit meinen Spießerklamotten, normalerweise bin ich im Poppercafé nebenan."

„Da bin ich wohl fehl am Platz", hatte Fritzi geantwortet.

So waren sie Freundinnen geworden. Und jetzt? War das vielleicht das Ende? Da durfte nicht sein!

Als sie zuhause war, rief Jochen aus Vancouver an.

„Stella, es tut mir leid, wie ich dich beim Abschied behandelt habe. Ich hatte ein wahnsinnig schlechtes Gewissen. Hier ist es einfach umwerfend! Ich würde dir so gerne alles zeigen. Komm mich doch besuchen. Ich vermisse unsere Samstage."

„Ja, aber mich vermisst du nicht. Für die Samstage findest du bestimmt jemand anderes."
„So war das doch nicht gemeint."
„Doch genauso war es. Ruf bitte nicht mehr an!"

Sie knallte den Hörer auf die Gabel und fing an zu weinen.

Erst Fritzi, dann er. Was für ein schrecklicher Tag!

21.

Als sie nachts wieder nicht einschlafen konnte, zog sie sich an und ging spazieren. Im Dunkeln waren die alten

Häuserfassaden noch schadhafter und aus den Kellerschächten waberte ein säuerlicher Kohlgeruch. In der Zoohandlung waren die Wellensittiche nicht zu sehen. Sie ging weiter zum Antiquariat. Im Schaufenster waren Münzen, Porzellanfiguren und Uhren ausgestellt. Stella fiel eine silberfarbene Umhängeuhr auf. Die wäre viel praktischer als die Taschenuhr, die sie neulich gesehen hatte. Ihr Weg führte weiter zum Gostner Hoftheater. Warum war sie hier noch nicht gewesen? Auf einem Plakat war eine Band abgebildet. Irische Folkmusik. Hörte sich gut an.

Als sie zurück am Haus war, kam plötzlich ein Mann auf sie zu. Sie erschrak. Bisher war sie noch niemandem begegnet.
Er kam immer näher und Stella fing an zu zittern. Sie schaffte es nicht, den Schlüssel zu stecken.
„Komm, du willst es doch auch! Lass mich mit in dein Bett!"
Er griff nach ihr. Panisch stach sie ihm den Schlüssel in die Hand. Er schrie auf.

„Ah, ne ganz Wilde!"

„Verschwinde!", zischte sie und schaffte es endlich, den Schlüssel zu stecken. Blitzschnell drückte sie sich durch die Tür und schlug sie zu.

Oben in ihrer Wohnung schlug ihr Herz bis zum Hals. Was lief sie auch mitten in der Nacht draußen herum!

22.

Stella stürzte sich die nächste Zeit in die Arbeit, um diesen Mann und Fritzi zu vergessen. Aber schließlich ging sie doch in die Teestube und traf ihre Freundin dort. Sie taten beide so, als wäre kein Streit gewesen.

„Du kommst gerade richtig. Heute Abend ist ein Sitarkonzert. Fritzi zog sie neben sich aufs Sofa. Stefan saß bei Ralph.

„Was ist mit Eintritt?"

„Du kannst hinterher etwas geben.

Übrigens kommt gerade Wolf. Mit dem hat Ralph schon Dianetik gemacht."

Wolf fiel auf, weil er schwarzes Haar hatte und schwarze Klamotten trug. Sein Gesicht war leichenblass und er wirkte abgezehrt.

„Was ist denn Dianetik?"
„So genau kann ich es dir nicht sagen. Stefan hat mir erzählt, er wäre dabei gewesen, als ihn Ralph behandelt hat. Er hat Wolf die Hände auf die Brust gelegt und mit einmal ist Wolf zwei Meter weiter vom Schrank zur Tür geflogen. So, als würde Ralph ihm irgendetwas Böses austreiben."
Stella glaubte ihr. Dieser Mensch wirkte unheimlich.

Kurz darauf kam der Musiker, ein Inder, mit einem Instrument ähnlich einer Gitarre herein und begann zu spielen.
Das Instrument mit dem langen Hals und vielen Saiten faszinierte sie. Der Künstler bat darum, während des Konzertes nicht zu klatschen, um die meditativen Klänge

wirken zu lassen. Die lautenartige Musik gefiel Stella nicht besonders; für sie klang alles gleich. Sie hatte Mühe, die Augen offen zu halten und musste wohl eingeschlafen sein. Sie wurde durch das Klatschen geweckt.

„Hast du soviel gearbeitet?" fragte Fritzi.
„Du hast fast das ganze Konzert verschlafen. Stell dir vor, es wurde sogar gefilmt."
„Ich muss ins Bett", stöhnte sie. „Ich hab tatsächlich sehr viele Überstunden gemacht."
Sie umarmten sich und Stella lief nach Hause. Daheim duschte sie, weil sie durch die Hitze ganz verschwitzt war.

23.

Ein paar Tage später baute sich ihr Chef beim Betreten des Büros vor sie auf.

„Sie waren im Franken-TV zu sehen. Sie waren im Kommunikationszentrum in dieser Haschhöhle. Anscheinend vollkommen berauscht!"

Stella war fassungslos.

„Da war ein Konzert und ich bin vor Erschöpfung eingeschlafen, weil ich hier Überstunden en masse mache. Ich nehme keine Drogen und in dieser Haschhöhle, wie Sie das nennen, ist Rauchen verboten."

Frau Anschütz kam dazu.
„Stella, wir haben hier viele Kunden und somit auch einen Ruf zu verlieren."

In Eintracht standen sie nebeneinander und Stella wie eine arme Sünderin ihnen gegenüber.

„Stella", versuchte ihr Chef versöhnlich, „ich - wir - wissen ihren Arbeitseinsatz zu schätzen. Seit 5 Jahren leisten Sie hier wirklich gute Arbeit....." Er stockte.

Seine Ex redete weiter: „Wir möchten, dass Sie kündigen. Wir schreiben Ihnen auch ein sehr gutes Zeugnis. Es soll nicht so aussehen, als ob wir Ihnen gekündigt hätten. Es tut uns leid, aber Sie lassen uns keine andere Wahl."

Stella begann zu zittern und befürchtete, in Ohnmacht zu fallen. Rückwärts ging sie zur Tür.

Herr Anschütz kam auf sie zu. „Ist Ihnen nicht gut? Sie sind ganz blass. Setzen Sie sich, vielleicht können wir nochmal drüber reden...."
Aber mit Blick auf seine Ex, die den Kopf schüttelte, hielt er inne.

Stella öffnete die Tür und presste mühsam heraus: „Meine persönlichen Sachen hole ich in ein paar Tagen ab."

Endlich draußen, ging sie zum nächsten Mülleimer und erbrach sich.

24.

Die nächsten Tage war sie wie in Trance.
Sie lag viel im Bett, fühlte sich fiebrig und
erschöpft.

Als sie Fritzi nach ein paar Tagen anrief,
unterbrach diese sie sofort und sagte
atemlos:
„Stella, reden wir ein anderes Mal darüber.
Die beiden haben dich doch nur
ausgenutzt. Sei froh, dass du dort nicht
mehr hin musst. Stell dir vor, was passiert
ist. Sie haben gestern das Komm umzingelt
- also die Polizei - und alle, die drin waren,
festgenommen. Es ist unfassbar!
Anscheinend waren da einige gewaltbereite
Typen, die vorher in der Stadt demonstriert
und Schaufenster eingeworfen haben, was
weiß ich..... . Jedenfalls sind die nach der
Demo zurück ins Jugendzentrum. Stefan
und Ralph sind im Knast!"

„Und warst du gestern nicht in der
Teestube?"
„Nein, ich habe länger mit Tante Emma

geredet. Aber das ist eine andere Geschichte."

„Wie viele haben sie denn festgenommen?"

„Ich hab keine Ahnung. Später findet eine Demo statt. Stubs macht auch mit. Bist du dabei?"

„Ja", stotterte Stella, „sie können doch nicht massenhaft Leute ohne Grund einsperren!"

Sie trafen sich am Plärrer, wo hunderte Demonstranten sich versammelt hatten. Pappaufschriften wie *Freilassung der Unschuldigen* oder *Stoppt den Überwachungsstaat* wurden hochgehalten. Dann setzte sich der Zug in Bewegung Richtung Innenstadt. Irgendwann rief jemand laut *1,2,3, lasst die Gefangenen frei.* Und plötzlich stimmten alle mit ein. Autos mussten halten, weil die Demo die Straßen blockierte und Passanten blieben neugierig stehen. Manche zustimmend, andere kopfschüttelnd.

Auch Stella rief mit und ließ dadurch ihren

ganzen Frust heraus. Am Ende der Demonstration liefen sie zum Untersuchungsgefängnis. Sie wurden in den Besucherraum geführt. Stubs ging zu Ralph und sie beide zu Stefan.

Als er sie sah, fing er an zu weinen.

„Wir haben nichts gemacht. Wir waren nur in der Teestube und haben uns unterhalten. Nur wegen einiger Chaoten haben Sie alle festgenommen."

Und wieder fing einer an *1,2,3, lasst die Gefangenen frei.* Alle Besucher stimmten mit ein.
Die Wachen wurden unruhig. Irgendwann wurde gerufen: „Die Besuchszeit ist um. Bitte verlassen Sie alle den Besucherraum."

Dann kam jemand, der anscheinend mehr zu sagen hatte und erklärte:
„Wir prüfen alles und wer sich nichts zu Schulden hat kommen lassen, wird mit sofortiger Wirkung freigelassen."

Allgemeines Raunen und schließlich verließen alle Besucher den Raum und gingen nach draußen.

Stubs sagte:
„Ralph lassen sie sowieso bald frei. Er hustet nur noch. Er braucht dringend sein Asthmaspray."
Stella wusste von Fritzi, dass er schweres Asthma hatte. Bei Mistwetter oder Aufregung war es immer besonders schlimm.

Nebenan in einem Café sahen sie sich die Nachrichten an. Filme von den Randalen, von der Festnahme und der Demonstration. Ein Reporter erklärte, dass im Komm ein Film über Hausbesetzung gelaufen war und die Zuschauer danach demonstrierten und wohl einige von ihnen Schaufenster eingeschlagen und Autoantennen abgerissen hatten. Danach seien sie zurück ins Komm. Woraufhin alle Besucher festgenommen wurden.

Wieder Empörung und hitzige Debatten. Keiner konnte so richtig verstehen, was eigentlich vorging. Es waren auch ganz viele Leute auf der Demo gewesen, die sonst nie im Jugendzentrum waren, nur eben das Vorgehen der Polizei für völlig überzogen hielten.

Spät abends kamen Ralph und Stefan tatsächlich wieder auf freien Fuß, weil sie nachweisen konnten, die ganze Zeit über in der Teestube gewesen zu sein. Nicht alle hatten das Glück. Vor allem diejenigen, die den Film angesehen hatten, blieben in Haft, auch wenn sie sich nichts zuschulden hatten kommen lassen.

Stella fühlte sich bestätigt, auch sie hatte nichts getan und ihr war einfach gekündigt worden. Sie verabschiedete sich:
„Ich bin total erschöpft und gehe jetzt nach Hause."
Fritzi umarmte sie.
„Mach das, du Liebe, es tut mir leid, dass deine Kündigung durch die ganze Aufregung hier komplett untergegangen

ist. Ich besuch dich morgen, okay?"

25 .

Fritzi kam dann gegen Abend und begrüßte Stella:
„Du siehst echt Scheiße aus!"
„Danke, das weiß ich selber. Ich wollte hier ausziehen und jetzt kann ich nicht, weil ich keine Arbeit habe. Und wer stellt schon eine ein, die auf eigenen Wunsch gekündigt und trotzdem keine Arbeit hat."
„Erzähl doch von Anfang an."
Sie setzten sich auf den Balkon. Wegen der Hitze waren sogar die Damen vom Heim noch draußen.

Stella erzählte ihr alles und Fritzi schimpfte über die beiden Spießer und lästerte, wie man als geschiedenes Paar noch zusammen arbeiten könne. Stella öffnete eine Flasche Wein und holte zwei Gläser.

„Bei mir gibt es auch Neuigkeiten."

„Was denn?"

„Tante Emma will ihren Laden aufgeben und mir gegen eine monatliche Pacht überlassen."

Stella pfiff durch die Zähne.

„Hat die alte Dame dich doch ins Herz geschlossen."

„Ja, irgendwie schon. Das Problem ist nur, dass der Laden nicht gut läuft, wie du weißt, und ich vielleicht was anderes draus machen will."

„Und das wäre?"

„Stubs hat die Idee, einen Teeladen mit mir zusammen dort zu eröffnen."

Stella schüttelte den Kopf.

„Mit Tee ist kein Geld zu machen."

„Ja, aber er meint, vielleicht auf kleinen Bistrotischen noch selbst gebackenen Kuchen dort anzubieten."

„Was hältst du denn davon, einen Naturkostladen zu eröffnen? Die Südstadt wird saniert so wie hier Gostenhof. Es wird alles verkehrsberuhigt. Die Leute kaufen dann dort eher ein als auf einer belebten Straße. In Berlin hab ich einen mit Elke besucht, die hatten auch eine Essecke, wo sie Snacks anboten. Fand ich toll!"

„Hmm", Fritzi schien zu überlegen. Dann räusperte sie sich.

„Stefan würde gern einen Meditationsraum draus machen. Man könnte Yoga oder ähnliches anbieten."

Sie faltete die Hände und sah Stella unsicher an.

„Nicht dein Ernst. Hat er denn eine Ausbildung?"

„Du weißt, dass er keine hat. Kann er aber in Wochenendseminaren nachholen."

„Was ist mit seiner Provision, von der er neulich gesprochen hat?"

„Er hat nicht genug Kunden zusammengebracht."

„Fritzi, ich rate dir dringend ab, das wird die absolute Pleite. Trenn dich von ihm, er tut dir nicht gut!"

„Das Thema hatten wir schon. Es reicht mir jetzt endgültig mit deinen Ratschlägen! Was war denn mit Jochen? Der hat dich doch nur als Wochenendentspannung gebraucht.

Oder dein nobler Chef, der dich jahrelang kostenlos Überstunden hat machen lassen. Und zum Dank dafür dich noch rausschmeißt! Du hast eben gesagt, du bist am Ende in diesem Irrenhaus, wo du ohne Arbeit nicht rauskommst. Also, lass mich endgültig in Ruhe und bring selber alles erstmal auf die Reihe."

Sie packte ihren Beutel und ging. Die Tür schlug sie hinter sich zu.

26.

Dass Fritzi mit ihr Schluss gemacht hatte, war für sie schlimmer als das Ende mit Jochen. Sie hatte sie lieb gewonnen. Ja, eigentlich war sie die beste Freundin, die sie je hatte. Ein bisschen mehr als Elke. Eher so wie Silvie damals im Internat, in das ihre Eltern sie nach der Scheidung gesteckt hatten.

Warum wurde sie immer verlassen? Sie fühlte sich als Getriebene zwischen ihrer früheren - eher normalen - Welt und der, in die Fritzi sie eingeführt hatte. Nirgendwo zu Hause.

Sie verkroch sich noch mehr. Die Wohnung verließ sie nur, um etwas zu essen zu kaufen. Nur hatte sie überhaupt keinen Hunger und ernährte sich hauptsächlich von Brot mit Butter.

Irgendwann rief sie Elke in Berlin an, aber die Leitung war tot. War sie vielleicht ausgezogen? Ein paar Tage später meldete sich Elke bei ihr und Stella erzählte ihr alles. Dann fragte sie nach ihrer neuen Telefonnummer.

„Tut mir leid, Stella, ich musste aus dem Haus, weil es abgerissen wird. Endgültig. Sonst hätte ich sofort vorgeschlagen, dass du zu mir kommst. Ich wohne momentan bei Parinita. Aber stell dir vor, wir wollen nach Indien. Nach Poona zu Bhagwan!"

„Wirst du jetzt auch San......?

„Sannyasin? Ja, hab ich vor. Ich hab ihn in einem Film gesehen. Es ist der Wahnsinn! Und Parinita war ja schon in Poona und möchte unbedingt da wieder hin. Allein der Garten im Ashram soll ein kleines Paradies sein und die Schwingungen dort überirdisch. Komm doch einfach mit! Raus aus dem Schlamassel. Du musst zu dir finden, Stella. Überleg es dir!"

Am Abend fing die neu eingezogene Tusse über ihr wieder an herumzuhüpfen, wie alle drei Tage. Und prompt die 100-Kilo-Matrone unten herumzubrüllen. Was brauchte sie in Konzerte zu gehen? Entnervt schlug sie die Bettdecke über den Kopf.

Sie versuchte, den Vermieter zu erreichen. Wieder ohne Erfolg. Schließlich klingelte sie bei ihrem Nachbarn.
Er öffnete die Tür und meinte, der Vermieter habe wohl gewechselt. Eine neue Nummer könne er ihr leider nicht geben.

Täuschte sie sich? Aber anscheinend hatte er außer einem Tisch und Gartenstühle nichts in seiner Wohnung. Sie fand auch eigenartig, dass er oft erst gegen Mitternacht badete. Schließlich schien er ja schon Rentner zu sein. Er könnte das auch tagsüber tun. Was für ein Leben führte er in dieser fast leeren Wohnung?

27.

Um nicht vollkommen abzurutschen, ging sie die nächsten Tage wieder raus und viel spazieren. Es müsste dringend regnen, das Gras in den wenigen Anlagen im Viertel war braun und die Luft flirrte über den Asphalt.

Dann kam ein Paket mit der Post an. Darin waren ihre persönlichen Gegenstände aus dem Büro und eine neue braune Ledergeldbörse mit 200 Mark und einem Glückspfennig. Das Zeugnis war nicht zu beanstanden, außer der Satz *Sie verlässt*

uns auf eigenen Wunsch, um sich beruflich
zu verändern..... .
Vielleicht sollte sie sich doch arbeitslos
melden. Auf die Dauer konnte sie von
ihrem Ersparten nicht leben. Mit diesem
Zeugnis würde sie sicher Chancen haben,
eine gute Stelle zu finden.

Aber irgendwie fehlte ihr die Kraft, sich
jetzt schon um Arbeit zu kümmern oder
Stellen vom Arbeitsamt anzunehmen, die
ihr nicht zusagten.

Sie nahm die Geldbörse an sich und packte
den Karton mit ihren Sachen und warf ihn
in die Mülltonne im Hof. Sie wollte durch
nichts mehr an diesen Job erinnert werden.
Dann schlug sie einige Male mit der Faust
auf die Mülltonne. Die 100-Kilo-Matrone
öffnete das Fenster und frozzelte: „Alles
gut bei dir?"
„Du kannst mich mal...", schrie Stella und
ging ins Haus.

Später lief sie wieder nach unten, öffnete
den Karton und holte alles heraus. Dafür

schmiss sie die Geldbörse ohne Inhalt weg.

Oben betrachtete sie den Inhalt des Kartons: Ihre Dicke-Katze-Tasse, ihren Stifteköcher mit Stiftesammlung, Taschenrechner und einen Fotokalender. Zum Schluss die schwarze Schachfigur, den König.
Die hatte sie ihrem Vater geklaut, als er nach der Trennung seine Sachen abgeholt hatte. Sie wusste, ihn damit besonders zu treffen, weil das Schachspiel schon von seinem Großvater war. Stella fand es nur recht, einen Teil von ihm zu behalten. Schließlich hatte er ihr das Schachspielen beigebracht.

Nachts lag sie lange wach. Ihr Nachbar badete wieder erst gegen Mitternacht. Wer badete denn im Hochsommer?

Komischer Kauz! Schmerzliche Erinnerungen gingen ihr durch den Kopf. Sie war wieder 12 Jahre alt und klingelte am Haus ihres Vaters. Seine neue Frau öffnete und sagte kalt:

„In dieses Haus kommst du nicht herein!"
Weinend lief sie nach Hause zu ihrer
Mutter, die sie zwar in den Arm nahm, aber
ständig wiederholte: „Was ist das für eine
Frau!"
Ihren Vater hatte sie nie mehr besucht. Er
zahlte Unterhalt und das Internat, in dem
sie 4 Jahre lang war. Ihre Mutter war eine
verbitterte Frau geworden. Stella wohnte
nach der Schule drei Jahre lang bei ihr und
zog nach ihrer kaufmännischen Ausbildung
in eine eigene Wohnung nach Nürnberg.
Sie sahen sich nur selten.

Und wenn sie doch mit Elke nach Indien
flog? Was hielt sie hier noch?

28.

Der Vorteil, wenn man nicht arbeitete war,
viel Zeit zu haben. Sie besorgte sich
Tolkiens *Der Herr der Ringe* und *Die
Lehren des Don Juan* von Carlos
Castaneda. Don Juan war ein alter
Häuptling, so eine Art Meister, der einen

Amerikaner in die Lehre nahm. Und zu guter Letzt bestellte sie in der Buchhandlung noch ein Buch von Bhagwan, in dem auch Jünger von ihm zu Wort kamen. Fritzi wäre begeistert, wenn sie von ihrem Lesefieber wüsste. Ein bisschen erinnerte sie Bhagwan an Ralph. Aber auch den konnte sie vergessen. In der Teestube würde sie nur Fritzi und ihren Stefan treffen.

Irgendwie interessierte sie doch, wer ihre Nachfolgerin war und so stellte sie sich morgens den Wecker, um kurz vor 8.00 Uhr die Eingangstür vom Bürogebäude zu beobachten. Nach drei vergeblichen Versuchen, sah sie eine aufgetakelte Frau in engem Kostüm mit breiten Schulterpolstern und Stöckelschuhen die Tür aufsperren. Im 1. Stock öffnete sie kurz darauf das Fenster. Mit Sicherheit bekam sie ein besseres Gehalt als Stella es je erhalten hatte.

Am Nachmittag fuhr sie mit der Straßenbahn in die Südstadt. Da sie schon dabei war, Detektivin zu spielen, wollte sie wissen, was mit dem Tante-Emma-Laden passiert war. Von weitem sah sie schon, dass Stubs, Stefan und Fritzi den Laden ausräumten. Teeladen oder Meditations-raum, das war hier die Frage.

Sie biss sich auf die Lippen und fuhr unglücklich zurück.

29.

Ihr Nachbar hatte seit mindestens zwei Wochen nicht gebadet, also schien er verreist zu sein. Wenn sie vom Einkaufen oder ihrem täglichen Spaziergang zurückkam, fiel ihr auf, dass in der Wohnung alles still war.

Irgendetwas schien auch zu vergammeln. Unter der Türritze kam ein unerträglicher Geruch hervor.

Schließlich überwand sie sich und ging zu der Wohnung über ihr. Die Frau, die sie bisher noch nie gesehen hatte, öffnete. Sie fragte sich, ob irgendetwas an ihr echt war. Grell gefärbte blonde Haare, dick aufgetragenes Makeup, falsche Wimpern und hautenge Plastikklamotten.

„Was ist?“

„Haben Sie die Nummer des Eigentümers? Es soll ein Wechsel stattgefunden haben.“

„Moment.“

Sie drehte sich um und öffnete eine Schublade.

„Was zum Schreiben dabei?“

„Nein.“

Genervt notierte sie die Nummer auf einen kleinen Zettel und reichte ihn Stella.

„Finden Sie nicht auch, dass es im Treppenhaus seltsam riecht, also im 1. Stock?“

„Nichts aufgefallen.“

„Kein Wunder bei der Parfumwolke“, dachte Stella, sagte aber noch:

„Was machen Sie eigentlich 2 x die Woche abends?“

„Aerobic. War's das?“

Dass sie keine Freundinnen wurden, war
klar.

In der Nacht hörte sie, dass wieder Wasser
in die Badewanne eingelassen wurde. Also
war er wieder da.

30.

Gleich am Morgen klingelte sie Sturm
beim Nachbarn. Er öffnete nicht. Der
Geruch war noch penetranter geworden
und sie hielt sich den Pulli vors Gesicht.
Auch am nächsten Tag war er nicht da.

Sie fühlte sich immer elender, schlief viel
und verließ nicht mehr die Wohnung.
Nachts wachte sie auf und hatte
Schüttelfrost. Abwechselnd war ihr heiß
und kalt und ihr Kopf drohte zu zerplatzen.

Morgens wusch sie sich zitternd und zog
sich an. Sie wollte in der Apotheke
Schmerztabletten kaufen. Im Treppenhaus
musste sie sich fast übergeben. Ein

süßlicher unerträglicher Gestank strömte aus der Wohnung des Alten. Das war …... Leichengeruch!

Stella hatte als Kind in einer Hecke mal einen toten Hasen entdeckt, der genauso gerochen hatte. Sie machte kehrt und rief den Vermieter an. Endlich erreichte sie ihn unter der neuen Nummer.

Sie sagte ihm unumwunden, dass neben ihr Verwesungsgeruch aus der Wohnung austrat und er sich umgehend darum kümmern sollte. Er schien nicht überzeugt.

„Wenn sie es nicht tun, ruf ich die Polizei", schrie sie. Ihre Stimme zitterte, aber das war ihr egal.

„Außerdem kündige ich zum Monatsende fristlos. Hier wohnen lauter Verrückte!"

Knapp erreichte sie die Toilette und erbrach sich.

Dann zündete sie 5 Räucherstäbchen an, um dem Gestank Herr zu werden, der schon in ihrer Wohnung war. Mit letzter

Kraft ließ sie sich ins Bett fallen.

31.

Stella wachte auf, weil jemand die Tür nebenan aufschloss, sie sofort aber wieder zuschlug.
Immerhin tat sich etwas. Sie spuckte in den Eimer neben ihr und schlief wieder erschöpft ein.

Im Fiebertraum wurde die Frau ihres Vaters zur Hexe, die sie aus dem Lebkuchenhaus verjagte mit den Worten: „Du elende Diebin, gib den König wieder her!"

Stella wachte schweißgebadet auf. Draußen war ein Höllenlärm. Fußgetrampel und laute Stimmen nebenan.

Es klingelte. Mit wackligen Beinen öffnete sie die Tür.
Die Polizei.
„Dürfen wir hereinkommen?"

Sie nickte.

Der erste in Zivil stellte sich als Hauptkommissar vor.

Neben ihm stand der nette dunkelhaarige Polizist, der sie neulich wegen Frau Weber befragt hatte. Er überragte den anderen um einiges. Dann stieß er sich den Kopf an der grünen Lampe an. Sie setzten sich an den Tisch.

„Es war gut, dass sie den Eigentümer angerufen haben."
„Was ist passiert?"
„Ihr Nachbar wurde ermordet."
Stellas Mund wurde trocken. Ihre Kehle war wie zugeschnürt.
„Er wurde mit einem Messer erstochen und in einen Teppich gewickelt, deswegen hat es wohl länger gedauert, bis man es gerochen hat."
„Ist Ihnen schlecht?"
„Ich habe Fieber."

Der Polizist schlug vor, die Zeugen-
befragung zu verschieben. Der Kommissar
winkte ab.

„Ganz kurz noch. Erzählen Sie bitte, seit
wann Ihnen nebenan etwas seltsam
vorgekommen ist."

Stella erzählte alles, beginnend mit der
Bemerkung vom schwarzen Mann und,
dass er nur Gartenmöbel in der Wohnung
hatte. Sie sagte das mit dem Gestank und,
dass sie den Eigentümer nicht erreicht
hatte. Schließlich, dass sie mit dem
Einlassen des Badewassers erst mal
beruhigt war.

„Ich verstehe das nicht. Er muss doch
schon tot gewesen
sein", stammelte sie.

„Der Mörder ist nochmal gekommen und
hat gebadet."

Stella spürte, dass sie gleich wieder
spucken musste.
„Ich will nichts mehr hören!"

„Eine Frage noch: Wussten Sie, dass er homosexuell war?"

„Nein, unmöglich. In diesem Alter?"

Der Polizist grinste und Stella spürte, wie sie rot wurde.

„Richtig gewohnt scheint er dort nicht zu haben. Es war wohl eher eine Art Liebesdomizil."

„Sollen wir Sie ins Krankenhaus bringen?"

„Nein, ich habe eine Freundin, die sich um mich kümmert."

„Wir melden uns nochmal, damit auf dem Polizeipräsidium ihre Zeugenaussage protokolliert werden kann."

Sie verabschiedeten sich. Kurze Zeit später kam der Dunkelhaarige nochmal hoch und fragte:

„Kann ich etwas für Sie tun? Sie gehören versorgt, so wie sie aussehen."

„Bringen Sie mir Paracetamol, aber am besten Zäpfchen, weil ich Tabletten nicht vertrage bei der Übelkeit."

Wieder spürte sie die Hitze in ihrem Gesicht. Wie peinlich war das denn!

Aber er blickte sie nur besorgt an und

erwiderte:
„In 10 Minuten bin ich wieder da."

Beim Hinausgehen stieß er sich den Kopf wieder an der grünen Lampe an.

Kurze Zeit später überreichte er ihr das Medikament und stand zögernd mit der Mütze in der Hand vor ihr.

„Sie müssen aus der Wohnung raus."
„Ich hab gekündigt."
„Nein, gleich."
„Wie gesagt, ich kann zu einer Freundin."

Er schien nicht überzeugt und verabschiedete sich zögernd. Als er draußen war, steckte sie sich zwei Zäpfchen und fiel danach ins Bett.

32.

Als sie aufwachte, war das Fieber gesunken. Sie aß einen Bissen Brot und war erleichtert, dass auch die Übelkeit nachließ.

Dann rief sie Fritzi an. Sie wusste nicht, wie sie anfangen sollte und fragte nur kurz, ob sie Stubs - der kein Telefon besaß - etwas fragen könnte.

„Was brauchst du denn von ihm? Was ist los, Stella?" Ihre Stimme klang besorgt.

Sie erzählte ihr alles und Fritzi sofort: „Wie schrecklich! Wir haben einen Lieferwagen und holen dich sofort."

Sie packte das Nötigste in eine Tasche und als sie fertig war, standen Stubs und Fritzi schon vor der Tür.

„Oh Stella, du schaust total krank aus!"

Fritzi weinte und umarmte sie fest: „Es tut mir so leid! Jetzt kommst du erst mal zu mir."

„Hast du denn Platz? Vielleicht kann ich ja auch bei dir wohnen, Stubs?"

„Bei mir ist schon Stefan."

Stubs kratzte sich am Nacken und zog eine Grimasse. Stella entfuhr ein Seufzer der Erleichterung. Stubs nahm ihr die Tasche ab und Fritzi nahm sie an die Hand. Dann fuhren sie zu ihrer Wohnung.

Dort angekommen, befahl ihr die Freundin, sich aufs Sofa zu legen. Sie machte ihr Tee und sagte:
„Wir müssen weitermachen."
„Den Laden ausräumen?"
„Woher weißt du.....? Ach egal. Bis später."

Stella fühlte sich seit langem das erste Mal angenommen und geborgen. Erst der Polizist und jetzt die beiden. Sie kuschelte sich in die Decke und schloss die Augen.

33.

Abends erzählte Stella ausführlich, was alles passiert war. Stubs verabschiedete sich danach.

„Du kannst so lange bleiben, bis du eine Wohnung gefunden hast."
„Tja, und eine Arbeit."

„Ich habe lange nachgedacht. Stefan und Stubs haben mich richtiggehend belagert. Der eine mit seinem Meditationsraum und der andere mit dem Teeladen. Nach endlosen Diskussionen und Grübeleien hab ich mich für den Teeladen entschieden. Dafür brauche ich natürlich Kapital. Meine Oma würde mir Geld schenken. Sie gibt es mir lieber mit warmen Händen, hat sie gesagt. Den Rest müsste ich aufnehmen."

„Was ist mit Stefan und Stubs?"
„Stefan ist tödlich beleidigt und bei Stubs bin ich mir noch nicht sicher. Auf jeden Fall werde ich ihn brauchen. Wir wollen auf kleinen Bistrotischen zusätzlich Gebäck anbieten. Selbstgebacken. Ich hab dir doch schon davon erzählt. Aber er ist mein Mitarbeiter, ich die Chefin. Soviel ist klar.

Stella nickte anerkennend:
„Fritzi, so kenn ich dich ja gar nicht!"

Bevor sie sich schlafen legten, erzählte Fritzi, dass sie sich von Stefan getrennt habe. Irgendwie war es doch so, dass er sie nur ausgenutzt und nicht geliebt hatte.

„So wie Jochen mich", gab Stella zu.

34.

Die nächsten Tage räumten sie zu dritt Stellas Wohnung aus. Wegen *unzumutbarer Zustände* hatte sie vom Eigentümer Mietnachlass für die letzten zwei Monate verlangt.

Ihre Möbel und Kartons brachten sie in Fritzis Kellerabteil. Als sie alles nochmal durchging, warf sie einen Blick auf das Heim gegenüber. Es war kalt geworden und die alten Damen saßen nicht mehr draußen. Nur die Leiterin sah sie rauchen. Sie trat auf den Balkon.

„Ziehen Sie aus?", fragte diese laut.

„Ja, endlich", antwortete sie und winkte ihr zum Abschied zu. Sie Die Leiterin hob daraufhin kurz die Hand.

Es klingelte. Stubs und Fritzi konnten es

noch nicht sein. Sie brachten die letzten Kartons weg. Sie öffnete und vor ihr stand der Polizist. Erstaunt ließ sie ihn herein. Wieder setzte er die Mütze ab und drehte sie in seinen Händen.

„Ich wollte Ihnen nur sagen, dass der Mörder gefunden wurde. Er kam auch aus der Szene, also ist auch …. schwul."
„Danke, dass Sie es mir gesagt haben."

Sie dachte, er würde sich verabschieden. Aber er blieb stehen und schien einen Fleck an der Wand zu fixieren.

„Haben Sie jetzt eine Wohnung gefunden?"
„Ich wohne bei einer Freundin."
„Und Arbeit?"
„Woher wissen Sie......?"
„Ich weiß so manches, sitze ja sozusagen an der Quelle."
„Das finde ich nicht in Ordnung. Ich hatte in letzter Zeit genug Probleme und kann nicht auch noch einen Polizisten als Spitzel gebrauchen!"
„Das war ein Spaß! Was glauben Sie denn,

wenn man tagein, tagaus in solche Häuser wie dieses gerufen wird, ist man so einiges gewöhnt. Ich bin kein Menschenfeind. Im Gegenteil. Ich drücke oft ein Auge zu bei Ruhestörung oder ähnlichem. Vielleicht haben Sie in mir so eine Art Beschützerinstinkt geweckt, so wie sie Schwierigkeiten anziehen."

„Ich kann gut auf mich selbst aufpassen."

„Keine Frage. Darf ich trotzdem fragen, ob Sie eine Arbeit haben und wo Sie wohnen?"

Stella musterte seine dunklen Augen und fragte sich, was er eigentlich von ihr wollte.

Er trat einen Schritt näher und sah auf sie herunter. Und dann wusste sie es. Sie spürte, wie ihr Herz stolperte und versuchte krampfhaft, ihren Atem ruhig zu halten.

„Nein, ich werde die nächsten Tage zum Arbeitsamt gehen und mich arbeitslos melden." Dann nannte sie ihm die Adresse ihrer Freundin.

„Na also!" Er beugte sich zur ihr und küsste sie. Einfach so.

Stella fühlte sich, als würde sie gleich abheben.

Dann setzte er seine Mütze auf, zwinkerte ihr zu und flüsterte:
„Ich komme demnächst vorbei, um nach dem Rechten zu schauen. Nicht, dass du bald wieder eine Leiche im Keller hast."

© 2023, Ulrike Paula
Herstellung und Verlag:
BoD – Books on Demand, Norderstedt
ISBN: 9783739215723